AF290140

Dalva

FichesdeLecture.com

Dalva
(Fiche de Lecture)

I. RÉSUMÉ

Quand un roman a pour première phrase « Aujourd'hui, ou plutôt hier, il m'a dit qu'il importait de ne pas accepter la vie comme une approximation brutale. » je craque, je me dis que cela ne peut pas être mauvais, et puis, c'est du Jim Harrison !

Dalva est une jeune femme d'une quarantaine d'années qui vit en Californie et travaille dans un service social. Elle entre en contact avec un enfant qui semble avoir de réels problèmes. L'homme qui en est la cause se met à la suivre dans la ville, à attendre devant chez elle. Inquiète, elle prend un protecteur. Il sera bien utile le jour où l'homme tentera de passer à l'action. Dalva nous révèle d'emblée ce qui est un de ses soucis majeurs : elle a eu un enfant qu'elle a été amenée à abandonner. Il a été adopté et elle ne l'a plus vu depuis. Elle avait alors moins de vingt ans. Sa famille vit, en partie, de la terre depuis des générations. Le ranch familial est dans le Michigan. Elle possède la maison de son grand-père décédé il y a quelques années. Sa mère aussi occupe une maison sur le ranch. Après l'agression qu'elle a subie, elle décide d'aller se refaire une santé là-bas. En outre, sa mère, Naomi, qui enseignait dans la petite école du village d'à côté abandonne et propose à Dalva de prendre la relève. Pour un temps cela devrait pouvoir lui convenir. Dalva avait une énorme affinité avec son grand-père John Wesley Northridge qui lui donnera son amour pour les Indiens, la nature et le cheval. Elle a aussi une sœur, Ruth, et un oncle qui s'appelle Paul et vit en Californie. Le père de Dalva était pilote d'avion et s'est tué jeune. Ceci n'a fait qu'augmenter l'importance de son grand-père à ses yeux. Oui, elle a besoin de se ressourcer, mais elle se demande quand même si elle tiendra le coup longtemps aussi éloignée d'une grande ville. Avec ses valises, elle emmène un bonhomme relativement particulier au nom de Michael. Assistant d'université, divorcé, il boit comme un trou et semble être au bout du rouleau. Son ultime espoir de réaliser un travail qui lui permettrait de garder son boulot réside dans la possibilité de lire les carnets de John Wesley premier qui a créé la fortune familiale, a acheté les terres et le ranch et n'a eu de cesse de sillonner les territoires indiens. Ces carnets sont toujours restés secrets et ne pourraient être consultés qu'avec l'accord conjoint de Ruth et de Dalva. Ils ont une énorme valeur documentaire et, en outre, il est connu que la famille Northridge est riche en pièces dignes de musées dans le domaine de l'art et des objets indiens. Michael espère, grâce à tout cela, écrire un livre qui lui vaudrait une titularisation de sa position universitaire.

N'oublions pas Lundquist et sa sœur qui vivent également dans une ferme au bord du ranch, reçue par testament de John Wesley, et encore une femme indienne qui habite un peu plus loin...

Nous allons apprendre assez rapidement que le père de l'enfant qu'a eu Dalva était un jeune indien portant le nom de Duane. Il travaillait sur le ranch, alors que Dalva n'avait que seize ans. Ils étaient fous amoureux l'un de l'autre, mais un matin il disparut pour de bon. Se retrouvant seule, Dalva, sur le conseil de John Wesley, alla s'installer chez son oncle en Californie où elle accoucha avant que de revenir dans le Michigan. Des années plus tard, n'y tenant plus, elle alla trouver la famille adoptive de son fils. Elle fut bien reçue par la mère, mais son fils, déjà âgé de plus de vingt ans, n'était pas là. Il n'aime que la nature et travaille pour un organisme chargé de sur- veiller la survie des espèces d'oiseaux de la région. De plus en plus souvent Dalva va voir sa mère, également intéressée par les oiseaux, partir avec un jeune homme pour sillonner les terres. Ruth, quant à elle, n'est pas une femme très présente dans le livre mais, quand elle y est, elle est pour le moins comique. Divorcée, elle est tombée sous le charme d'un prêtre... Leur entente sexuelle est des plus manifeste, et fait beaucoup rire Dalva, mais son prêtre ne cesse de se ronger de remords tout en ne pouvant pas s'en passer.

Le principal souhait de Dalva sera de revoir un jour son fils, et elle y arrivera. Elle reverra Duane et apprendra qu'il s'était engagé volontaire pendant des années pour les guerres en Asie. Il se suicide, avec son cheval, en partant au large dans l'atlantique.

Voilà, je crois qu'avec cela vous avez l'essentiel du décor, des person- nages et de l'histoire.

Dalva dans l'œuvre de Jim Harrison (ou « **Le contexte** » ?)

Jim Harrison écrit ce livre en 1987 donc après « Wolf », « Sorcier », « Légendes d'automne » et « Nord Michigan » L'auteur se raffine, devient plus complexe, tout en gardant son style direct et concis, ainsi que tout son humour. Il me semble important de signaler que, dans le sondage fait par France-Inter et la revue « Lire » fin des années 90, « Dalva » a été classé en France parmi les 50 meilleurs livres du XXe siècle ! Avec « La route du retour », suite de « Dalva », il nous étonnera encore et continue de le faire dans ses derniers ouvrages. Quand on parle de Jim Harrison, on parle vraiment d'une « œuvre » et pas de n'importe laquelle. A mes yeux, au fil des années et des livres, il s'est véritablement hissé au niveau des meilleurs écrivains américains.

II. LES PERSONNAGES

John Wesley Northridge

Décédé avant le début de cette histoire, il en est cependant un des personnages principaux au fil du récit. Une énorme personnalité, un homme attachant et profond, mais loin d'être facile. Il hante l'esprit de tous les autres personnages, de Lundquist à Naomi, de Dalva à Paul, et même de Michael.

Dalva

Jeune femme hors du commun. Elle a hérité de la personnalité de John Wesley, de sa passion pour la nature et les chevaux, de sa force de caractère. Elle est terriblement attachante, forte mais tellement compréhensive à la fois. Ancrée dans la vie et les réalités, elle sait profiter de ce que les autres ont à donner sans exiger. Elle a une sensualité indiscutable et une sexualité parfois dominante mais tout à fait naturelle et saine. Une belle femme et qui ne manque pas d'humour !...

Naomi

Veuve très jeune mais restée jeune aussi. Complice de ses filles, était attachée à John Wesley tout en lui trouvant un foutu caractère. Toujours présente quand il faut, jamais envahissante. La compréhension, l'amour de la vie, font partie de ses caractéristiques premières.

Lundquist

Il est le témoin de certaines aventures de John Wesley. Il est âgé mais, en bon Suédois qu'il est, toujours prêt à boire un coup et à faire la fête. Dans l'esprit de tous il fait partie de la famille et John Wesley, dans son testament, a bien stipulé que son vieil ami pouvait reposer sur le domaine à côté de sa tombe à lui. Il est comique notre Suédois qui ne cesse de s'inventer des utilités.

Michael

Amant (temporaire) de Dalva, charmeur devant l'éternel, grand buveur, mais bourré d'humour. Sa présence en tant qu'historien donne le motif du dépouillement d'un ensemble de vieux documents sur la vie de John Wesley senior au XIXe. C'est par son intermédiaire que nous allons pénétrer dans ce qui était la culture et le mode de vie des indiens à cette époque, comme du comportement des Américains vis à vis d'eux. Il a l'art de se mettre dans des situations pour le moins cocasses, mais il prend les choses comme elles viennent.

Paul

L'oncle de Dalva est assez effacé dans ce livre mais on devine un homme profond et très attachant. On sent cependant chez lui qu'il a dû être un peu marqué par le fait qu'il était le second et pas un John Wesley, comme l'étaient son grand-père, son père et son frère.

Ruth

Aussi plutôt effacée. Elle est divorcée et a des enfants. Dalva est d'ailleurs restée amie avec son ex-mari. Dalva se moquera parfois d'un côté coincé qu'elle a vis à vis des hommes et de la sexualité, mais quand elle aura ce prêtre pour amant, et quel amant !, les deux sœurs vont bien vite retrouver leur complicité et se payer de bonnes tranches de rires.

Nelse

Fils de Dalva. Un garçon sans histoires, n'aimant pas les études et passionné de nature et d'oiseaux. Il ne s'approchera que lentement de sa mère, en commençant par se lier avec Naomi.

Duane

Jeune indien, père du fils de Dalva. Elle ne l'oubliera jamais. Jeune, fougueux, homme des bois, il se suicidera en 1971 et est enterré dans le ranch avec la famille.

Les Indiens : présents régulièrement dans le livre.

La nature : omniprésente.

III. LES IDÉES

Cette partie de la fiche de lecture sera vraiment la plus difficile à faire tellement il y en a ! Harrison a construit son livre de façon à ce que nous ayons constamment l'impression que nous suivons la moindre pensée des personnages avec lesquels nous sommes dans notre lecture. On pourrait croire qu'il nous dit tout ce qu'ils pensent au fur et à mesure qu'ils font quelque chose ou qu'ils pensent quelque chose. Comme de bien entendu, ces pensées sont truffées d'éléments importants. Une idée en entraîne une autre, un comportement fait naître des pensées, des souvenirs naissent devant des paysages etc.

Je vais cependant tenter d'isoler certaines pensées et de les classer par sujets.

La vie

Celle-ci a un côté terrifiant. Les actes posés pèsent lourds, mais elle est aussi à prendre avec humour et a de nombreux bons côtés. La nature est, selon Harrison, le meilleur remède contre les angoisses ou les pensées tristes. Les personnages de Jim Harrison se posent en général pas mal de questions existentielles, mais celles-ci sont, la plupart du temps, distillées par de petites phrases du genre de celle mentionnée au tout début de cette fiche.

« Ce qui me peine, c'est l'amertume terrifiante et irréductible de l'existence. »

« Notre histoire se résume-t-elle toujours aux efforts que nous faisons pour durer comme si nous avions vécu autrefois au jardin d'Eden ? »

« La religion nous sert à bâtir une existence parallèle au monde réel. Il me semblait alors que mon problème tenait à ce que je refusais ce dualisme et tentais de faire de ma vie ma religion. »

« Un événement qui dure quelques secondes domine des années entières. »

« Que l'homme n'ait pas appris grand-chose de plus que l'acte sexuel est certes un truisme aussi banal que le feu qui brûle quand on met la main dessus. »

« Il s'agissait de cette impression fort rare que la vie est en fait plus vaste et beaucoup plus secrète et terrifiante qu'on ne le suppose. »

L'Amérique et les Américains

Jim Harrison n'apprécie pas particulièrement ce qu'est devenue l'Amérique. Pour commencer, il n'hésite pas un seul instant à défendre les Indiens et leur civilisation, mais il accuse aussi très clairement les Américains d'avoir perpétré à leur encontre un véritable génocide. En gros, ce sont des béotiens avides qui n'ont en rien respecté les terres qu'ils ont conquises. Ils détruisent tout et ont commencé avec les autochtones, puis les bisons et les arbres et maintenant c'est le tour des terres et des grands paysages. Et tout cela uniquement pour de l'argent. Enfin, ils ont l'esprit étroit et mesquin.

« Charlène était une paria ; elle n'appartenait à aucune église, à aucun club scolaire. »

« Elle déclarait que, vu d'avion, tous les Etats-Unis, hormis quelques régions sauvages isolées, semblaient ratissés, sillonnés, écorchés, scalpés – bref, brutalisés. »

« Il est intéressant de noter qu'en une quinzaine d'années, jusqu'en 1883, environ vingt mille chasseurs de bisons ont exterminé entre cinq et sept millions de ces animaux, soit presque toute la population du continent. »

« L'éducation n'a jamais réussi à éliminer la loufoquerie fondamentale de l'esprit américain. Ce n'est pas que nous croupissons dans les chiottes de la génétique, mais la culture, le système éducatif égratignent à peine la surface de la conscience populaire. »

Mais le plus terrible :

« Si les nazis avaient gagné la guerre, l'Holocauste aurait été mis en musique, tout comme notre cheminement victorieux et sanglant vers l'Ouest est accompagné au cinéma par mille violons et timbales. »

La nature

« Nous détruisons le monde sauvage chaque fois que nous voulons lui faire incarner autre chose que lui-même, car cette autre chose risque toujours de se démoder. »

Dans la même collection en numérique

Les Misérables
Le messager d'Athènes
Candide
L'Etranger
Rhinocéros
Antigone
Le père Goriot
La Peste
Balzac et la petite tailleuse chinoise
Le Roi Arthur
L'Avare
Pierre et Jean
L'Homme qui a séduit le soleil
Alcools
L'Affaire Caïus
La gloire de mon père
L'Ordinatueur
Le médecin malgré lui
La rivière à l'envers - Tomek
Le Journal d'Anne Frank
Le monde perdu
Le royaume de Kensuké
Un Sac De Billes
Baby-sitter blues
Le fantôme de maître Guillemin
Trois contes
Kamo, l'agence Babel
Le Garçon en pyjama rayé
Les Contemplations

Escadrille 80

Inconnu à cette adresse

La controverse de Valladolid

Les Vilains petits canards

Une partie de campagne

Cahier d'un retour au pays natal

Dora Bruder

L'Enfant et la rivière

Moderato Cantabile

Alice au pays des merveilles

Le faucon déniché

Une vie

Chronique des Indiens Guayaki

Je voudrais que quelqu'un m'attende quelque part

La nuit de Valognes

Œdipe

Disparition Programmée

Education européenne

L'auberge rouge

L'Illiade

Le voyage de Monsieur Perrichon

Lucrèce Borgia

Paul et Virginie

Ursule Mirouët

Discours sur les fondements de l'inégalité

L'adversaire

La petite Fadette

La prochaine fois

Le blé en herbe

Le Mystère de la Chambre Jaune

Les Hauts des Hurlevent

Les perses

Mondo et autres histoires

Vingt mille lieues sous les mers

99 francs

Arria Marcella

Chante Luna

À propos de la collection

La série FichesdeLecture.com offre des contenus éducatifs aux étudiants et aux professeurs tels que : des résumés, des analyses littéraires, des questionnaires et des commentaires sur la littérature moderne et classique. Nos documents sont prévus comme des compléments à la lecture des oeuvres originales et aide les étudiants à comprendre la littérature.

Fondé en 2001, notre site FichesdeLectures.com s'est développé très rapidement et propose désormais plus de 2500 documents directement téléchargeables en ligne, devenant ainsi le premier site d'analyses littéraires en ligne de langue française.

FichesdeLecture est partenaire du Ministère de l'Education du Luxembourg depuis 2009.

Plus d'informations sur www.fichesdelecture.com

© FichesDeLecture.com
Tous droits réservés
www.fichesdelecture.com

ISBN: 978-2-511-03017-2

Notes :